나는

초판 발행 2015년 5월 23일
지은이 김안나

펴낸이 안창현 **펴낸곳** 코드미디어
북 디자인 Micky Ahn **교정 교열** 성건우
등록 2001년 3월 7일
등록번호 제 25100-2001-5호
주소 서울시 은평구 갈현1동 419-19 1층
전화 02-6326-1402 **팩스** 02-388-1302
전자우편 codmedia@codmedia.com

ISBN 979-11-86104-11-8 03810

정가 8,000원

김안나 시집

나는

시인의 말

두서없이 적은 것을 큰마음 먹고 떠나보내지만 개운하지는 않다.

문학에는 별 관심이 없는 화학공학을 전공한 아들의 말이 자꾸 찔러 대기 때문이다.

자기 같은 사람들도 거부감 없이 읽은 수 있는 편한 언어로 가슴 닿는 글을 써야지 특정한 사람들끼리만 공유하니 우리 문학의 대중적 발전이 되겠느냐는 것이다.

그러니 나더러 그런 글을 쓰라고 일침을 던진 것이다.

가장 무서운 독자와 동거 하고 있는 내 머리에 불이 붙는 것 같았다.

떠난 자리에 새로운 것을 채우기 위해 지금보다 더, 더 많은 노력을 해야 할 텐데 벽이 높다.

한숨이 나온다. 하지만 시간은 재촉을 한다.

벽을 넘기 위해 무거운 자만을 버리고 초심으로 돌아가면 다시 가벼워질 수 있을까?

2015년 5월 김안나

Contents

1 길이 되어 가는 길

2 벚꽃

Contents

3 말씀의 길

4 벽

나는……

1
길이 되어 가는 길

길이 되어 가는 길

사열하듯 서 있는 거룩한 나무 따라 혹은,
풀 한 포기 흔들리지 않는 적막 따라
끝이 보이지 않는 길을 뉘엿뉘엿 가고 있습니다

비가 와도
바람 불어도
그 한 귀퉁이가 되어 따라가고 있습니다

조그만 걸림에도 주저앉으려 했던 나태가 얼마나 어리석은 것인지
길에게 배우며 가고 있습니다

움켜진 손 펴려 하지 않아도
가다 보면 알 거라 믿으며 가고 있습니다

얼마큼 더 가야 하는지 모르지만
묻지도 따지지도 않고
구겨져 가는 몸
길에 업혀
묵묵히 길이 되어 가고 있습니다

몸이 길이고

길이 몸이 되어

도란도란 가고 있습니다

행복 담그기

겨우내 거적에 뒹굴던 몸
틈마다 핀 희고 노란 곰팡이 꽃
구수한 향 금방이라도 터져 나올 듯
꽃방 가득 술렁이는 포자들

누가 못나다 메주라고 했나
한겨울 짚풀 달랑 덮고
아름다운 꽃 키워낸 장렬한 이를

메주를 두 손 고이 받들어
소금물 항아리에 정갈하게
고추, 참숯, 금줄 띄워
양지에 모셔 놓고
거룩한 사십 나날 문안 인사드리면
장 익는 소리
겸허히 들을 수 있으리라

누에섬에서

덩그러니 남겨진 몸
서럽게 윙윙거려도
절실한 한 가닥
길턱에 걸치고
지평의 끝
하염없이 던진 하얀 기도

손끝 시리게 저려올 즈음
시퍼렇게 닫혔던 문
모세의 기적처럼 열리고
저버리지 않은 믿음 따라
걸어오는 촉촉한 눈빛

삭아버린 뻘 같은 가슴이지만
아직은 뛰는 박동 소리
간기 배인 손 허겁스레 털고
달려가 한껏 안아본다

사랑합니다

원이었다

점이었다

휑한 허공으로 그렇게
멀어지는 내내
토해내지 못해 울먹대는 짤막한 한마디

말라비틀어질 때까지 쏟아 놓아도
기어이 한이 될 비명

비여, 사랑이여

식을 줄 모르던 열정
노드리듯한* 비에 숨 고르기 한다
뜨겁던 사랑, 그것도 한순간
이글대던 미움. 그것도 한순간

감정의 매무새 가다듬고 귀 기울인다
64분 음표
128분 쉼표
가까운 듯, 먼 듯
솜털 일으키는 난타
한 음, 한 음 젖어들수록
꿈틀거리는 내 안의 또 다른 열정
아하– 이건
살아있는 동안 사랑할 수밖에 없는 운명인가 보다

---

*노드리듯 : 노끈을 드리운 듯 빗발이 굵고 곧게 뻗치며 죽죽 내리쏟아지는 모양.

그러지구요

파란 눈동자가 빛납니다
붉은 입술이 오감을 자극합니다
사붓거리는 걸음에도 솟구치는 돌기들
참으로 짜릿한 계절입니다

손으로 전해오는 체온의 언어들이 전율을 합니다
낯익은 얼굴이지만 볼 때마다 신선한 홍분 자아내어 사방이 환해집니다
서로 다른 환경의 사람이 만나 마음이 통하기까지
얼마의 시간이 필요할까요?
어떤 이는 열 길 물속은 알아도 한 길 사람의 속은 모른다고 합니다만
처음 본 날부터 지금까지 내내 편안했던 건
염탐하듯 속을 들여다보려 하지 않고
있는 그대로
보이는 것만 보아준 배려 때문일 겁니다

만남의 두께가 뭐 그리 중요한가요
함께 있는 동안 허허롭게 웃을 수 있는 편안함
그거면 족하지요

고름 진 상처 말없이 닦아주고
돋아난 새살 어루만져주며 가도
해는 금방 저물어 버리는데
지난 것에 허덕이며 시간 버리지 말고
다사로운 햇발이 긴 목덜미 감싸 줄 때
있어 주어 행복하다 말할 수 있는
예쁜 사랑만 하자구요

그리움 한가운데

또각대던 발소리
힐끗
혹시나
돌아보면 그곳은 아득한 황빛 사막
비벼댈수록 더욱 쓰리게 박히는 그리움 한가운데
수없이 묻어버려도 버석대는 질긴 미련 어찌할 수 없는
이정표조차 보이지 않는 막막한 곳

맥없는 시선만 긋다 기울어 가는 하루지만
내일은
그래도 내일은
목마르던 적막에 비가 내려
포롯한 사랑 한 모금 쭈욱 삼킬 수 있기를

초롱꽃

초롱등 달아 놓은 밤 길게 울먹이며
사무치게 기다려도
나 못 가고

자상하게 열어 놓은 문
차랑차랑 웃으며 오라 해도
나 못 가지만

먼발치
내 입술은 벌써 까맣게 타 버렸답니다

사랑했기에

정 깊다 여긴 인연 짚불로 사라질 때
이별의 살타는 냄새 질식되고서야
조금 알게 된

달콤하게 속삭이던 말 껑충껑충 뒤돌아
날카롭게 할퀴고 갈 때
주체할 수 없는 분노
몇 번의 지각변동을 일으키고서야
조금 더 알게 된

사는 일이 얼마나 많은 것을 놓아야 하는지
지워야 하는지
결국
빈손 비벼 털어내야 하는 최후임을
알게 될 때도
너만은 결코 놓지 못하고
아닌 듯 살아야 했던 단 하나의 이유

이연

잊을만하면 불쑥
시선 머무는 그만큼쯤
아무렇지 않은 듯
바라보다 말라가는 기억

삼켜 터져 버린 먹먹한
가슴 그대로
서로 다른 생
모르는 척
가야 하는 운명
어쩌나
이 생에선
그저 숨만 턱 막히는데

알 때까지

내 마음 다 안다고 하지 마세요
그건 수면 위 잔물결일 뿐

내 생각 다 안다고 하지 마세요
그건 우연히 떨어진 깃털 하나일 뿐

내 모습 다 안다고 하지 마세요
그건 한 자락 바람일 뿐

섣부른 감정의 우격다짐으로 송두리째 나를 가졌다 착각하지 마세요
부풀어 버린 허상의 속은 늘 텅 비어 있는데
가문 가슴에 꽃 한 송이 피우기가 어디 그리 쉽던가요

찢긴 생살의 사무친 울부짖음을 들었나요
핏발 선 외로움의 눈을 보셨나요

사랑이여
사랑이여
함부로 움직이지 말고

가만히 거기
그냥 그렇게

고로쇠나무

얼마나 더 아파야 그대 심장 소리 들을 수 있을까
생채기의 흐느낌을 듣고 달려오는 건 아닐지
잊혀져 기억조차 하지 않는 건 아닌지
마음 알다가도 모를 캄캄한 천 길의 바닷속

목 놓아 울던 산새도 밤이 되면 제 둥지 찾아가는데
질식할 고요가 밀려와도
사방 어디인지 모를 곳

아리게 벌어진 그리움
웅숭그리고 앉아 밤새
뚝뚝
온몸으로 웁니다

그것은

영원하지도 않으면서
멈추지도 못하고
끊임없이 퍼덕이는 몸짓

한 올의 허울적 가식 두르지 않고 오로지,
본성의 밑바닥 순수한 태고의 흐름 그대로
무색, 무취, 무미, 무형
그 어느 것도 걸리지 않는
사랑
그것은
빠져들수록 녹아드는 황홀한 수렁
깊은 허기
늘 목마른 갈증

관계

허탈한 세상 한 귀퉁이
지쳐가던 길목에서 그렇게 만났지요
푸르던 청춘 어느덧 비슬대는 언덕배기
석양에 비친 얼굴에도 주름이 깊어지고 있군요

여기까지 오는 동안 힘들었지요
많이 아팠지요
세세히 말하지 않아도
이미 내 손등에도 푸르뎅한 핏줄이 누워 있는 걸요

혼자 왔다 혼자 가는 길이라지만
이렇게라도 볼 수 있는 것은
인연이 아니고서는 될 수 없는 참으로 기막힌 만남이지요

덕지덕지한 지난 허물 이제 와 뭐가 그리 중요한가요
소박한 어깨 마주하며 걸을 수 있다는 순수한 사실 하나
허세나 비난 그 어떤 첨가물도 섞이지 않고
있는 그대로 함께 갈 수 있다면 행복할 따름인 걸요

오랫동안 오다 보니 누렇게 퇴색된 몸이지만
마음은 늘 푸른 들판을 뛰고 있는 소중한 시간
미안이라는 말 대신 감사의 손 꼭 잡고
가끔은 모난 행동과 덜 익은 말에 아플 때도 있겠지만
그 또한 사랑이려니 끄덕이며
거칠었던 굴곡의 눈물 거두고
환한 웃음만 넘실거렸으면 해요

나만 남겨놓고

냉혹한 현실 앞에서 사랑도 한낱 사치라고
수시로 차오르는 탱탱한 그리움 힘껏 짜 버리고 독하게 살려 했는데
책임도 지지 못하면서

촘촘한 어둠의 덕장
하루에도 수십 번씩 소스라치는 두려움 쓸어버리다
아등그러진* 심장

사랑한다는 말 알알이 박혀
멍한 숨 몇 방울
겨우 동동거리는데
단숨에 잘라버린 날카로운 한마디
안녕

*아등그러지다 : 바싹 말라서 배틀어지다.

기다림

발바닥에 뿌리가 내린다
수천 바퀴 돌고 돌며
깊이
깊이

혀끝에 가뭄이 든다
논바닥처럼 갈라진 입술
무성하게 자라나는 한숨
마냥
아득하다

당단풍

내 안엔 분명 사랑에 목맨 혼이 있어
하염없이 젖어 내리는 날이면
꼿꼿하던 도도함이 눈 붉게 날뛰니다

어쩌다 흐린 불빛에 그림자라도 어른대면
무너진 체면 담벼락에 붙이고
애꿎은 손톱만 물어뜯곤 합니다

내 안엔 분명 사랑에 목맨 혼이 있어
서걱대는 밤 등줄기 그대로 타고 내리는 날이면
시붉은 가슴 애끓다 정신줄 놓고 마니
지독한 혼령 달래려
산산 들들
굿판으로 분주합니다

2
벚꽃

벚꽃

비가 오자 새의 울음이 그쳤다
가지 끝 매달린 울음들
배꼽이 드러났다
촉촉한 탯줄 자리
깊은 곳
불그딕한 울음 길이 보인다

비가 그치자
새는 보이지 않고
무정한 울음 자국만 하얗게 뒹굴고 있다

신종 언어

폭풍우가 오기 전 하늘은 천둥 번개로 요란을 떤다
번개가 치면
어릴 적 파고들던 엄마의 품은 밀어진 반죽처럼 달라붙어 떨어지지 않으니
귀 막고 하늘을 노려본다

죄지으면 벼락 맞아 죽는대서 고슬고슬 살았는데
번개도 모임 한다고
하늘에서도 치고 땅에서도 치니
사이에 낀 난 죄를 지어도 안 지어도
번개 맞을 확률 사방에 노출되어
산 건지 죽은 건지
번뜩이며 쏟아지는 번천變遷에도 꿈쩍하지 않고
눈 똑바로 뜨고 같이 으르렁거린다

조금만, 더

내가 압니다
그대 힘든 아픔을

가슴 치도록 서러워도
한 방울도 흘려내릴 수 없는 단단한 눈물을

사는 것보다 차라리 죽는 것이 편할 거라는 못된 생각 수없이 했지만
괜찮겠지 괜찮겠지
위안을 붙잡고 오다 보니 여기라는 것도

허무한 벌판
무의미한 연속의 굴레 속에서 원망과 포기로 흐느적거린 것은
차마 내려놓지 못한 무게 때문이라는 것도 왜 모르겠습니까
하지만 말입니다
생각을 가다듬고 가만히 둘러보면
누군가 그대 위해 간절히 기도하고 있었다는 것을 알게 될 것입니다
이거면 세상 살아볼 만한 것 아닌가요

힘들지만

힘들겠지만
독하게 쓴 일상 우걱이며 온 시간 억울하지 않게
누군가 헛되지 않게
조금만 더 힘을 내 보자고요

들거라

누가 허락했다고
남의 집 함부로 들어와
호의호식하려 한단 말이냐
착각도 어지간히 해야지 거기가 어디라고 감히
이십여 년 먼지 하나 허락지 않고
귀하디귀하게 지켜 온 순수의 방
그 깊숙한 곳에 음침하게 숨어들어
죄 없는 펄펄한 혈기를 건드린단 말이냐
무례하기 짝이 없는
인정머리라곤 털끝만큼도 없는 천하의 못된 것
스스로 화를 지피고 말았구나

오장육부 다 열어 놓고 숨도 반항하지 않을 테니
차라리 내게 와
마음대로 하라 하였건만
천진한 내 핏줄에 왜 흠집을 내느냐

게 섰거라
참을 인 석 자면 살인도 면한다는 말 다 버리고

기필코 삼족의 뿌리까지 멸족시키리니

육시해도 풀리지 않는 분통
발로 갈 수 없다면 무릎으로
손바닥으로 기어갈 수 없다면 배로 밀며
눈 심지 활활 켜
유사한 네 그림자라도 얼씬거리지 못하게
목숨줄 문 앞에 걸고 매일을 지키리라

듣거라
똑똑히 기억하거라
세상 무서울 것, 두려울 것도 없는 난 엄마이니라

꽃이 사라진 다음

혀가 덮쳤다
연노란 잎에 썩은 비린내 축축하게 배였다
수치의 뼈들 뚫고 나온 시퍼런 두려움 오돌대도
이죽대는 입안으로 삼켜버린 양심

가는 줄기에 흡혈의 촉수 번뜩이며
잘린 이성에 묻힌 혀의 원죄

핥은 자리마다
꽃은 꿈을 꾼다
한 아름 온기 사이로 스며드는
새하얀 꽃향

허공이 가볍다

누군가의 눈에서 처절한 비가 내린다
신문 귀퉁이 몇 줄이 떠내려간다
말끔하게 지워진 자리

혀가 덮친다

해킹

강탈당하고
벗겨지고
홀랑 뒤집힌 호주머니

더는 아무것도 없는데
관속까지 기어들어 와
박박 긁어대
돌아갈 차비도 없으니
염병 떼 부려도 이젠 못 가겠다
이 웬수야

자국

차디찬 침대
긴장이 살갗을 세운다

강렬하게 쏘아대는 불빛보다
사내의 눈이 더 예리하다
펄떡대던 고통이 아가미를 들췄다 닫았다 하는 동안
달갑지 않은 냄새 링거 타고
솜털까지 세던 빛 아슴아슴해져가는 찰라
사내의 얼굴도 사라졌다

가느다란 기억의 실선 하나 놓지 않으려 버둥대는 내내
거친 숨소리는
몸속을 적나라하게 헤집는다
오랫동안 굳어진 옹이의 뿌리를 뽑아내는 일이 쉽지 않은 듯
손끝 사이로
따스한 선홍색 꽃잎들이 떨어진다

흐물거리는 불빛 게워낸 자리
덩그렇게 남겨진 사내의 증표

시간의 방울을 바라본다

한 마리 광어처럼 납작하게, 가만히

무법 지대

펄펄한 중년은 노령열차에 밀쳐지고
앳된 청년은 학자금 융자에 묶여 등이 굽고
네글레리아 파울러리*는 머릿속으로 들어가
아이가 어른의 머리 위에서 날뛰고
감성은 삶은 호박처럼 뭉개지고
동강 난 인성 나뒹구는
처절한 아우성 앞에서 희열을 마시는 포자들만
무한 증식하는 곳

*네글레리아 파울러리 : 뇌를 먹는 아메바

갱년기

몸이 기상청이다
드디어 비보다 먼저 울기 시작했다
욕심껏 빨아올리다 중량을 이기지 못해 풀썩 누워
엎치락뒤치락하는 동안
빗줄기는 포탄처럼 쏟아지며 마디마다 물길 만들고
어깻죽지에 닻을 건다
출렁대는 통증
이것은 산달마다 욱신댄다던 어머니의 유전인가

몸이 먼저 웃는다
찌뿌듯한 결마다 햇살이 조무막대면
심장은 달아올라 펌프질한다
쉰내 나는 몸을 널어 두드린다
내일이면 또 비가 오려나 하는
걱정은 풀풀 날리며
비가 오면 고스란히 맞던 어머니의 몸 버리고 나온 난
햇살 사이로 구부정한 우산을 힘껏 편다

살살이꽃*

무서리 뼛속 스며드는데
초연한 저 득도의 미소

너덜한 아귀다툼 혼란의 틈바귀
가녀린 몸 휘청거려도
지위, 학벌, 빈부, 혈통, 이념
그 어느 것 거르지 않고
활짝
반길 줄 아는 그대가 곧
부처이지 싶다

---

*살살이꽃 : 코스모스의 우리말

시간이 짧은데

스산한 바람 몇 가닥에도 잔뜩 웅크린 몸
잰걸음으로 다가오는 시간 두려워하면서도
또 주섬주섬 챙기고 있다
나이 먹어가며 버려야 할 것 중 하나가 고집이라는데
끊임없이 튀어나와 달리는 독선의 질주
되새김해 삼킨 생각 골백번인데도
벌그렇게 솟는 아집의 물집

얼마나 도려내야 지독하게 박힌 것이 빠져나올 수 있을까
무조건 옳다고 우겨 놓고
흐뭇한 미소 짓는 뒤통수가 자꾸만 근질대는 건
나이가 먹을수록 쇠심줄보다 더 질겨진 고집이 팽팽하게 당기고 있다는 것
미안하다 잘못했다는 말 내놓으면 체면이 난도 당할까 봐 박박 대는 내가
처량하게 서글퍼져
두 다리 쭈욱 뻗고
꺽 꺽 울고 있다

기원

암흑기를 지나
몽롱히 감았다 뜨는 눈빛
하마터면 놓칠뻔한 짜리리한 안도의 맥박
전지전능의 손길 세밀히 닿는 곳마다
시커먼 독기 빠져나와
청정해진 폐부의 숲
조금씩 열리는 푸른 맥박

환희의 문 열고
힘찬 빛의 평야로
내 몫까지 이어 달려주길

가다 보면

가느다란 골목길 등불 없어도 가야지
어둠이 덫을 놓아 발목 잡아도 가야지
가다 보면
낯선 곳에 떨어진 낱알처럼 외로움에 뒹굴 때도 있겠지만
언젠가는 시원스런 길 한 번쯤 나오겠지
또 그렇게
가다 보면
는적이는 발걸음 맞춰주는 너도 있고
기대여 휘청이는 나도 있겠지
가슴으로 울지 않고
목젖 활짝 열고 웃다 보면
어깨 들썩이며 멋들어진 춤판 벌일 날도 있겠지
부정형의 날들에 채인 자국 아려도
무덤덤 가다 보면
치렁하게 감긴 고독도 제풀에 눕고
뜻 없이 헤매던 날 비로소 품으로 돌아와
따스하게 안길 날 있겠지

곶감

허공 삼키며 버텨온 발버둥이 푸릇한 독기로 올라와
전신으로 번지는 울음의 피
악물던 한계의 터진 벌건 속살에 진물 배이고
비로소 말캉해져 갈 즈음
달근한 말들 새어 나올 수 있었음을

떨떠름한 기억 지우기 위해
곤두박질한 사선의 문턱에서
한칼 찌를 듯 섬뜩한 순간, 순간을 넘기며
길고 깊은 시간 참아내야 했음을

폼페이에서

심장을 뚫고 나온 분노가 머리 위로 솟구친다
지각 변동을 일으킨 시퍼런 괴성이 바들댄다
허둥대며 주문을 걸어 봐도
베수비오*의 인내는 한계선을 넘어
사랑도 원망도 안일한 퇴폐도 어떤 변명 남기지 못하게
입 닫아 묻어 버렸다
온갖 풍파 다 겪었다 해도
들쑤심에는 어쩌지 못하고 분출된 불기둥
그 흔적의 산물들이 깊은 침묵에서 융기되어
널브러졌던 이야기를 하고 있다

---

*베수비오 산 : 이탈리아 남부, 나폴리만 기슭에 있던 고대 도시 폼페이를 화산재로 덮은 활화산.

어려운 일

큰마음 먹고 묵은 세간들을 버리려 꺼냈다
언젠가는 다시 쓸 것 같아 넣어둔 잡동사니들
종일 치워도 제자리
쌓인 잡념들도 그대로

새롭게 단장해 보겠다고
야단법석 떨었지만
손톱만큼도 버리지 못하고
더버기* 꾸러미 질질 다시 끌고 가자니 힘은 벅차고
속 시원히 해결해 줄 누구 없소

---

*더버기 : 한군데에 무더기로 쌓이거나 덕지덕지 붙은 상태. 또는 그런 물건.

어름사니

기구한 운명 다 하지 못한
업의 환생
신명 나는 가락에 출렁이는 눈물의 외길에서
맥을 끌고 가는 그는
허공이 집이다

나는 ……

3 말씀의 길

말씀의 길

너희 중 죄 없는 자 돌을 던져라 예수님께서 말씀하셨다지
돌무더기 짊어지고 다니다 슬그머니 내려놓고 달음질쳤지
죄들이 죽순처럼 올라와도 눈과 귀는 거드럭거리며 뒤통수를 긁어 댔지
손톱 밑엔 벌건 강이 흐르고 움푹 팬 구덩이에선 혓바닥이 날름거렸지
혀는 사방에 다리를 놓고 수많은 돌을 뱉기 시작했지
첨벙대는 소리 덩달아 춤을 추었지
박힌 자리마다 시궁이 되어 모두들 코 막아도
습관 된 입안에선 여전히 돌들이 자글대고 있었지
그러는 동안에도 일요일을 반질반질 쓰다듬으며 용서를 구했지

들어갈 때 내려놓은 짐, 나올 때 다시 짊어지고
기우뚱 거리는 걸음 이방인이 되어
소속이 없는 곳에서
사함을 구할 필요 없는 자유라고 마음껏 즐긴 거지

홍청거리며 가다 막다른 골목 다다르고서야
걸음은 최초의 말씀이 닦아놓은 길을 따라가고 있었던 거지

모자람을 욕하지 않고

길어진 혀 줄이는 법을 스스로 터득하게 하기까지

고난이라는 장애물을 놓았던 거지

아직도 혼란한 너울에 멀미는 나지만

탯줄부터 이어 온 한 가닥 양심은 버르적거리며 가고 있는 거지

입의 기도

타인의 허물을 누설하지 말게 하소서
겉모습만 보고 일회성 유희로 즐기게 하지 마소서
성급한 독설로 깊은 상처 주지 않게 하소서
역류하는 거친 알갱이 함부로 뱉지 않게 하소서
가벼이 퍼덕이지 말게 하소서
허수아비 같은 체면 세우려 거짓을 덧대지 않게 하소서
수만 번 되새김으로 비로소,
부드러워진 입의 문이 열고 칭찬과 사랑만 들락거리게 하소서
어둠이 깊어 조용히 문 닫을 땐
잔부스러기라도 남기지 않고 말끔히 닦을 수 있게 하소서
바라노니

귀의 고백 성사

오만가지 쑥덕거림에 쫑긋 세웠습니다
팔랑개비 돌리며 천방지축 누볐습니다
히히덕거리는 소리에 신이나 더 세차게 흔들어 댔습니다
썩은 말들의 고름이 능창대도 씻어낼 생각조차 하지 않았습니다
손가락 걸던 비밀은 귀에서 귀로 단숨에 보내 버렸습니다
조언을 빈정거렸습니다
질타가 뒹굴어도 나하고는 상관없는 일이라고 시치미 뗴었습니다
고통의 하소연은 잡다한 귀지라 후벼 냈습니다

이밖에 알아내지 못한 모든 죄 다 용서해달라는 말은 하지 않겠사오나
무지의 문을 닫아 주시어
더 이상 사악과 놀아나지 않게 하나만 들어 주소서

빛 오라기

두꺼운 커튼 젖히고 햇살이 몰려든다
오만가지 허튼 상념의 보풀들
결 따라 나풀거린다

먹구름 드리우면 어쩌나 하는 생각은 하지 말자
지금은 그냥
빛 오라기 그 끝을 당겨
달보드레한* 나비잠**에
빠져 볼 일이다

*달보드레하다 : 약간 달큼하다.
**나비잠 : 갓난아이가 두 팔을 머리 위로 벌리고 자는 잠.

아무렴

실바람 안기면 바람의 살이 되고
는개비 스며들면 그대로 뒹굴다
강섶에 흐느적흐느적
살아도 그만

속심지 하나 꾹 잡고
군무리 속 하하 호호 흔들리다
시일쩍 눈짓 한번 스쳤다고
지랄 같은 운명 그거 참 무서워
옹골지게 숨 한번 품어내지 못해도
누가 알아주나

간 쓸개 홀렁 빼고 손발 닳아져도
구걸 밥 한 끼보다 편치 않으면 헛것
쓰잘머리 없는 귀엣말이야 그러든지 말든지
지나 내나 속 모르긴 마찬가지
이왕에 여기까지 왔으니
신명 나게 한번 놀다 가면 그만

난제 難題

부러질 줄도 알아야 한단다
휘어질 줄도 알아야 한단다
낮게 엎드릴 줄도 알아야 한단다
덧나야 새순이 올라올 수 있단다
그래야 비로소 아름다움이란다

머리는 안단다
가슴도 안단다
입도 안다는데
몸만은 모른다고 끙끙 몸살이란다

생명 -피어나는 것에 대한 경이로움-

엇박자의 빠른 리듬 심장을 두드린다
헉헉대는 수평의 정적
모든 것이 하나의 몰입이다

현란하게 요동치는 프리즘
깊은 어둠의 양막 걷어내는
어느 아침
밑살의 힘찬 소리를 듣는다

어제를 밀치고
티 없는 형형색색
고스란히 미끄러져 나오는
순간 앞에
살이 떨린다

덩더쿵 덩더쿵

청잣빛 마당
옥양목 바람을 타고
결마다 햇살 들락이는 분주한 발길

갓 찧어낸 백설 구름 모락모락 김 올리고
오색 산야마다 와스락거리는 수다

누구를 맞이하려는 것일까
자꾸 발목 잡는 걸 보니
아마도 넋 놓을 구경거리 있으려나 보다

낙엽

바람 불 때마다 흔들어대는 어지러운 통증
아스라이 잡고 있던 기억마저 놓쳐 버리고
방향을 잃은 소통의 끝

할 수 있는 것이라고는 아무것도 없는 무념
댑바람 소리마저 가까워지니
잔을 들어야 할 때인가 보다

맨발로 갔다

하얀 눈길이었다

혹한이 날 세워 심장 찔러 대더니
피 토할 사랑 외면하고
쩡쩡하던 자리 숨결 없이
시린 길
맨발 그대로 갔다

말라버린 넋울음
산산이 조각난 정신줄 헤쳐 놓고
살아선 빼지도 못할
천상의 못 박아놓고
혼절할 그리움에 한마디 말도 없이
휘청대는 등불 달랑 켜 놓고
구구천천 혼자서 갔다

수많은 언어 다 막히고 새어 나온 한마디
어휴
허공 적셔도

동동 구르는 배웅 더는 돌아보지 않고
야속히 갔다

가을 소리

철새의 깃 소리

바람이 앉는 소리

구름 구르는 소리

소국의 웃음소리

살짝 입술 내밀다 들켜
얼굴 붉히는 단풍소리

못내 못내 아름다워
꿀꺽
산통 깨는 소리

벗어나기

고독 나이 얼마입니까
덕진 눈물 얼마입니까
고해조차 할 수 없는 어둠 나이 얼마입니까
어느 것 하나 잡지 못하고
시름시름 버린 날 또 얼마입니까

그만
두리번대는 방황 멈추고
숨죽이던 용기의 빗장 열어
세상의 체온
한번
간절히 한 번만이라도 느껴보세요

나를 수선하다

고뇌를 잘랐다
독하게 그을 때마다 너덜한 추억들이 떨어져 나갔다
밑실과 윗실 사이
헐렁해진 삶을 끼워 넣었다

후회를 줄이는 일이 쉽지는 않지만
팽팽히 당기다 끊어지는 실패失敗를 하지 않으려
늘어진 포기에 가지런한 주름을 잡고
우울하던 한숨엔 빨간 스팽클*을 달아
신중히
한 땀
한 땀
박고 있다

---

*스팽클 : 반짝거리는 얇은 장식 조각. 무대의상이나 파티복 등에 화려한 장식으로 사용.

버스 정류장에서

1

어둠이 가시지 않은 스산한 시간
얼음장 같은 삶 거머 맨 사람들
성실함을 명찰처럼 단 점퍼 속 깊이
목덜미를 넣고

그 등줄기에 묻은 내 새벽은
설익은 몇 자 던지는 시인이랍시고 고상한 척 고개 들고선
문학 기행 가려고 떨고 있다

2

칼바람이 머리부터 발끝까지 죄를 묻는다
운전 못하는 죄라서
차가 없는 죄라서
결국은 피 토하는 가난이 죄라서
낡은 관절의 신음소리 내는 마을버스라도 감사히
손 비비는 이들이 길 위에 감금 중이다

가슴 따스해지는 날

흐트러짐 없이 걸어온 삼백육십오 발자국
한 해의 페이지를 넘기는 십이월에 서 있습니다

남모를 고통 그 너머
포기의 유혹 기웃거려도
질긴 여민 의지 하나 품고 여기까지 와 준 당신
품 안에서 튼실하게 키운 사랑이
허기진 영혼의 풍족한 양식이 되어 주고 있습니다

덤으로 주어진 생명 헛되지 않게
나누며 살겠노라던 약속 지키려
홀로 무릎 꿇었을
그 간절함으로 맺은 새뜻한 결실
든든하게 채워주고 있습니다

이기의 계산기 두드리는 냉랭한 세상이라지만
늘 리모델링하며 정방형으로 살아가려는 당신 있어
참으로 가슴 따스해지는 날
바람 한가지 있다면

건강 또 건강하여 오래도록 함께
그리워할 수 있기를 바랍니다

만발

나비가 핀다

꽃이 난다

흐드러짐 속에 갇힌 난
나는지
피는지

혼미하다

꽃들의 수다

가지런한 이 드러내며 떠는 수다들
목젖까지 환하다
새똥 떨어지는 것이라도 보았는지
까르륵대는 저 찬란한 오색의 웃음
내게도 저런 날이 있었던가

천금 같은 하루 분주히 헤매느라
고부라진 척박한 가슴
사뭇 쏟아지는 웃음의 낱알 심으면
환한 수다 피워낼 수 있을까

슬며시 주운 몇 마디에서
자잘한 이름들이 뱅그르르 돌다 바스러진다

조금씩 가자

반 숨씩 쉬며 가자

반 박자씩 총총히 가자

뒷짐 내리고

어기적거리는 팔자걸음 가지런히 모으고

눈웃음 긋는 곡선 따라

사박사박 조금씩 더디게 가자

4부

벽

들이킨 바람의 숨구멍마다 커다란 기도를 열고 마치,
오랜 터전처럼 종유석이 뿌리내리고 있다

굳어가는 온기 핥으며 꼬르륵거리는 벽의 울음소리
누런 목덜미를 잡는다
마지막 한 방울까지 빨아내려 불거져 나온 혀
녹슨 피내음이 쿰쿰하게 밴다

덜컹거리는 어깨를 비벼 본다
마디마다 어지러운 분열들이
시베리아 호랑이의 이빨처럼 박혀 오비고* 있다

언제였던가
꽃잠 들었던 때가

깡마른 두 팔 늘어트린 연탄집게도
탄부의 검은 눈동자를 기억하려 버둥대다가
날카로운 긴 밤에 베인 것일까
부드러웠을 모든 것이 뻣뻣하다

어둠이 불을 끄는 독거의 시간
손바닥만 한 유리창엔 서리꽃 무정하게 피고
벽의 쉰 울음도 잦아들고 있다

---

*오비다 : 좁은 틈이나 구멍 속을 갉아 내거나 도려내다.

동백꽃 지던 날

투우사를 향해 돌진하는 황소바람
사뭇 일렁인다
뒷발 치는 잡다한 먼지 속
마지막 발악임을 예견하지만
한 번이라도 더 들이 받아볼 심사는 거품을 문다

솟구치는 거친 회오리
붉은 휘장 속으로 황소가 들어간다
흐드러지게 쏟아지던 환호
충혈된 눈은 스륵
미련을 놓는다

하얀 꿈

발자국이 발자국을 끌고 간다
생각을 놓고 막연히

퀭한 몰골의 바람 후드득 쏟아져
한순간 모든 것 덮은 소복한 길에서
평행을 맞추려는 안간의 눈빛
비척거리다 멈춘 자리

나란한 알몸의 침묵
뽀도독뽀도독 생살 비비며
쌓이는 하얀 꿈

귀웅젖

졸음이 그렁그렁하면 더듬던 할머니 품
손안으로 정겹게 잡히던 건
한평생 반밖에 뜨지 못한 간기 어린 귀웅젖

신방도 외면했을 움푹한 설움 시원스레 풀어내지 못하고
칭칭 동여맨 가슴앓이 철없이 만져도
헐렁한 팔베개 내어 주며
내 강아지 잘도 잔다
도닥여 주시던 포근한 자장가

다시 달려간 할머니 품
이젠 더 이상 부끄러울 것 없다는 듯
팔월 적삼 걷어 버리고
늘어지게 내놓고 있는 푸른 젖
한참을 조물락거리다 살며시 빨아보지만
빈 유선 타고 흐르는 건 목마른 그리움뿐

새야

깊은 고단의 잔부스러기 버리고
가벼워진 몸 햇살을 타는 거야

육대주의 싱싱한 기운 들이키며
오대양 청빛 물무늬
멋들어지게 감아 보는 거야

겸손히 손 내리는 순간
어깻죽지엔 찬란한 날개가 돋고
넌 자유의 새가 되는 거야

아웅다웅 소리 없는
너만이 허락된 고요 지대에서
사철 푸른 꿈
수수만 배 펼쳐 보는 거야

마음껏 편안히

나는

아무것도 없는 것 같은
그러나 빼곡한

느슨한 것 같은
그러나 팽팽한

그러면서
중심축 놓지 않으려는
우주의 한 점에서
늘 꿈을 분열하는
미립분자

몸이 말을 한다

마디마디 들썩대는 밤이면
날구지 하는가
구시렁거리며 문 여닫던 한숨 소리

제아무리 발달한 의학이라도 마른 모래 부서져 내림을 막을 수는 없다는 것을
세밀히 알면서도
당신만은 그러하지 않기를
어긋한 이치 맞춰가며
심통 바가지 퍼붓지만
어느새 내 뼛속에도 빗물이 새고 있다는 것은
차마 말하지 못했습니다

행운목 꽃

한 뼘의 공간
깊은 고뇌 악물고
젖은 눈물 그대로
면벽의 밤

둥글게 구부린 더딘 숨소리
가만 가만 가만
꽃으로
향기로
꽃으로
벌도 나비도 잠든 세상 하얗게 새우다
잠깐의 눈붙임 채 뜨기도 전
흔적 감춘 넌
피붙이 하나 없던 단명의 여인이었을까

기막힌 일

태어나 백일쯤 경기를 하다 죽은
그 영혼 하도 기막혀
후빈 가슴에 작은 무덤 하나 들여놓고
수없이 정신줄 놓았다는데

모질지 못한 게 목숨이라고
치렁치렁한 눈물끈 동여매고
팔십 고갯마루까지 보듬고 오더니
요즘 들어 오빠가 보인다며
자꾸만 자꾸만
가슴에서 무덤을 꺼내고 계시는 어머니

손끝으로 차린 식탁

얼마일까
불쑥불쑥 채였을 돌부리 주저앉지 않고
함박꽃 입가에 달근하게 피우며
여기 오기까지

아득했던 고단이 지나간 자리
야문 손끝으로 차려진 풍성한
구월의 식탁이 코끝을 세운다

퍽퍽한 감성에 순수의 물줄기로
식어가는 가슴에 뜨거운 열정으로
굳어진 오감 깨워주려
맛깔스럽게 버무린 언어 한 스푼 한 스푼
꼼꼼히 음미하는
행복한 식사이다

무지 無知

아우라지 지나올 때
왜 그토록 먹먹하던지

무심한 발걸음 돌릴 때
처녀상 눈빛은 왜 또 그리 애절했는지

두 줄기 서벅대는 눈물 천이백 리
표류하던 가락
목에 달라붙어
아라리 아라리 뱉어낼 때
그때야 알았지

세월에 장사 없다더니

언제부터인가
자고 나면 어깻죽지에 가시 돋는 일이
이건 분명
원하지 않는 씨앗 숨어들어 무한 번식 중이리

온 신경이 줄기가 되어
뻗는 곳마다 탱탱했을 한때는
욕망의 불덩이 벌컥 삼키며 꺼드럭거렸는데
알량한 자존심마저 유언처럼 내려놓은
지금은
쉰 바람 시도 때도 없이 들락거리는데
또 언제일까
이 바람마저 무심할 때가

법

아는 이는 알아 살고
모르는 이는 모르다 죽고
힘 있는 이는 힘으로 살고
힘없는 이는 기운 빠져 죽고
계란이 바위 치면 흔적이 남고
바위가 계란 치면 숨소리도 없고
만인 앞에 평등이라는 말은 낡은 고무줄

소복素服꽃

어깨가 빠진다고
다리가 잘린다고
심장이 터진다고
술이 술을 마시는데
망할 놈의 정신은 왜 이리 똘망하냐고
소복꽃 뜯어내며
묻고 되묻는데
남은 자식 생각해서 정신 차리라고
되지도 않는 소리 위로라고 치대는
요놈의 주둥이가 참으로 밉다

추모제 풍등 날리며

팔팔한 눈빛 생 수장 되었다
캄캄한 어둠 오르다 사라지는 풍등처럼

출렁이던 솔직한 통곡도
포말로 사라져 버리고
벌건 피 울음만 고요에
풀썩 주저앉았다

스러지는 점, 점
믿음 잃은 현실의 배는
또 어디로 기울지

일탈

회문산 자연 휴양림에서 새벽을 맞이한다
새소리
물소리
이슬 터는 소리
수선스런 일상을 누그러트리는 치유다

자욱한 푸른 향
갓 자아낸 물결 몇 가닥
상쾌하게 퍼붓는 입맞춤
목마른 애정에 달콤함이다

열심히 기도문 올리는 나무에 기대
잊고 산 소중한 것들을 적어 본다
빼곡한 고백이 지면에 넘치는 동안
채 뜨거워지기도 전
후다닥 달아나 버리는 새벽

다름

매미가 허물을 벗었다
매미다
뱀이 허물을 벗었다
뱀이다
사람이 허물을 벗었다
오만가지 튀어나오는 알 수 없는 저것
무엇일까

나는……

미지의 길 위를 걷는 순응의 아름다움

지연희 | 시인, 수필가

미지의 길 위를 걷는 순응의 아름다움

지연희(시인, 수필가)

김안나 시인의 네 번째 시집 「나는」이 출간된다. 세 번째 시집 「듣고 있나요」에서 들려주던 '영혼에서 육신으로 잇던 육성'이 아직도 영역한 이즈음 접하게 되는 반가운 소식이어서 매우 기쁜 일이다. 리폼(Reform), '다시 만들다, 재편성하다'라는 의지로 표명된 지친 육신의 나를 깨우던 세 번째 시집의 침묵의 앙상한 몸에 새 옷을 입혀 주는 인내의 시간이 이룩한 용기와 도전의 결과물이지 싶다. 묵묵한 믿음의 '사열하듯 서 있는 거룩한 나무 따라 혹은,/풀 한 포기 흔들리지 않는 적막 따라' 끝이 보이지 않는 길을 향해 걸어가는 희망의 모습을 이 시집은 확인하게 한다.

시는 시인의 감성으로 언어 구조화된 구체적 표현이다. 그 감성의 퍼즐 속에는 시인의 자전적 육성과 시인이 포착한 세상사의 다각적인 삶의 편린들이 사물화되거나 육화되어 존재하게 된다. 오늘 이 찬란한 봄꽃들의 향취를 머금고 세상에 올려진 김 시인의 분신들은 자신의 사실 체험과 간접 체험의 적절한 융화이다. 아픔의 늪에서 리폼된 삶의 가닥을 성숙한 감성의 크기로 보여주는 언어미학적 아름다움과 만나게 된다. 재정립하여 걸어가는 삶의 길 위에서 긷는 마음의 여유, 절망을 딛고 일어서는 희망을 엿볼 수 있다. 하여, 시인 김안나, 그녀가 짚어내는 시집 「나는」의 길에는 어떤 장애도 견디어 극복할 의지가 있고, 단호한 길잡이의 용기가 있어 든든하다.

> 움켜진 손 펴려 하지 않아도
> 가다 보면 알 거라 믿으며 가고 있습니다
>
> 얼마큼 더 가야 하는지 모르지만
> 묻지도 따지지도 않고
> 구겨져 가는 몸
> 길에 업혀
> 묵묵히 길이 되어 가고 있습니다
>
> 몸이 길이고
> 길이 몸이 되어
> 도란도란 가고 있습니다
>
> – 시 「길이 되어 가는 길」 중에서

> 가느다란 골목길 등불 없어도 가야지
> 어둠이 덫을 놓아 발목 잡아도 가야지

가다 보면
낯선 곳에 떨어진 낱알처럼 외로움에 뒹굴 때도 있겠지만
언젠가는 시원스런 길 한 번쯤 나오겠지
-시 「가다 보면」 중에서

얼마나 더 가야 하는지 모르지만 묻지도 따지지도 않고 구겨져 가는 몸, 길에 업혀 묵묵히 길이 되어 가고 있다는 시 「길이 되어 가는 길」에는 길이라고 부를 수 있는 대상에 대한 신뢰와 믿음의 견고한 의지가 묻어난다. 이 길은 화자가 제시한 인생길 동행자로서 동일시된 한 사람일 수 있겠다는 생각이다. 때문에 다시 고르고 다듬어 수정된 미지의 길(새 삶의 여정)에서 감당해야 할 삶에 대한 순응의 아름다움이 존재한다. '비가 와도/바람 불어도/그 한 귀퉁이가 되어 따라가고 있습니다'라는 신뢰이다. 또한 시 「가다 보면」의 시에서는 그 길의 의미가 한층 확산되어 '언젠가는 시원스런 길 한 번쯤 나오겠지'라는 가지 않으면 안 되는 길을 걷는 당위성을 말하고 있다. 어떤 고통의 비바람 헤치고 가지 않을 수 없는 길을 향한 무한대의 믿음이다. '가느다란 골목길 등불 없어도 가야지/어둠이 덫을 놓아 발목 잡아도 가야지'라는 절대한 길을 향한 발걸음이다.

초롱등 달아 놓은 밤 길게 울먹이며
사무치게 기다려도

나 못 가고

자상하게 열어 놓은 문
차랑차랑 웃으며 오라 해도
나 못 가지만

먼발치
내 입술은 벌써 까맣게 타 버렸답니다

– 시 「초롱꽃」 전문

반 숨씩 쉬며 가자
반 박자씩 총총히 가자
뒷짐 내리고
어기적거리는 팔자걸음 가지런히 모으고
눈웃음 긋는 곡선 따라
사박사박 조금씩 더디게 가자

– 시 「조금씩 가자」 전문

지난 세 권의 시집에서 제시했던 김안나 시문학의 총괄적인 해답은 도심 속 정물처럼 놓인 소외된 삶의 아픔이나 슬픈 운명의 길 찾기였다. 그러나 다소의 연시戀詩로 시집의 여백을 채우던 단단한 시선이었다고 본다. 그 같은 흐름의 다감함을 오늘의 시집 「나는」 속에서도 만나게 된다. 위의 시 「초롱꽃」의 내심으로 들어가 보면 '초롱등 달아 놓은 밤 길게 울먹이며/사무치게 기다려도/나 못 가고'로부터 시작된 그대의 깊이에 가닿지 못한 안타까운 울먹임을 듣게 된다. '자상하게 열어 놓은 문/차랑차랑 웃으며 오라 해도/나 못 가지만'으로 발전되는 격리된 사랑의 슬픔이다. 끝내 '먼발치/내 입술은 벌써 까맣게 타 버렸답니다'라는 절대 사랑의 의미로 시의 문고리를 잠그는 이 시는 사물로서의 초롱꽃을 모티브로 연상된 비련의 사랑이 보인다. 다시 시 「조금씩 가자」에 시선을 모으면 '반 숨씩 쉬며 가자/반 박자씩 총총히 가자/뒷짐 내리고/어기적거리는 팔자걸음 가지런히 모으고/눈웃음 긋는 곡선 따라/사박사박 조금씩 더디게 가자'고 하는 길 위의 사람들을 만날 수 있다. 다소 걸음이 늦더라도 함께하는 사랑이다. 반 숨씩, 반 박자씩 서로의 걸음을 하나로 맞추어 걷는 합일된 사랑의 여유는 믿음의 값으로 이끌고 있다. 두꺼운 옹벽과도 같은 현실의 벽을 허문 값진 사랑이 묻어나는 아름다운 길이다.

고뇌를 잘랐다
독하게 그을 때마다 너덜한 추억들이 떨어져 나갔다
밑실과 윗실 사이
헐렁해진 삶을 끼워 넣었다

후회를 줄이는 일이 쉽지는 않지만
팽팽히 당기다 끊어지는 실패失敗를 하지 않으려

늘어진 포기에 가지런한 주름을 잡고
우울하던 한숨엔 빨간 스팽글을 달아
신중히
한 땀
한 땀
박고 있다

–시 「나를 수선하다」 전문

시집 「나는」을 포괄적으로 감상하며 지워버릴 수 없는 부분이 「나를 수선하다」라는 리폼의 의미이다. 그동안의 '나'를 자르고 꿰매어 새롭게 변형시키는 새로운 모습 찾기인 것이다. 그리고 그 변화를 들고 새 길을 걷고 있는 것이 이 시집의 믿음이며 희망이다. '고뇌를 잘랐다/독하게 그을 때마다 너덜한 추억들이 떨어져 나갔다/밑실과 윗실 사이/헐렁해진 삶을 끼워 넣었다'는 현실극복의 아픔이 묻어나는 언어들 앞에서 '팽팽히 당기다 끊어지는 실패失敗를 하지 않으려' 애쓰는 화자의 고뇌를 만나게 된다. '신중히/한 땀/한 땀' 새 길 위에 딛고 있는 걸음은 궁극적으로 화자가 감당해야 할 적응력이며 꿈과 희망이지 싶다.

「나는」이라는 자신을 향한 지시적 호칭으로 관심을 집중시키게 하는 이 언어는 한 여류중견시인이 스스로의 문학과 삶을 총체적으로 점검하게 하는 깊은 의도가 있다. 김 시인의 외형적 삶이나 내면의 문학을 돌아보게 하는 시기적절한 시도가 아닌가 싶다. 현실에 충실한, 그러면서도 내면을 가꿀 줄 아는 사람의 시문학 세상과 조우하며 단단한 사람의 성장과 문학의 성장을 이 시집은 확인하게 한다. 바람이 있다면 이 새로운 길가 주변에 아름다운 꽃향기가 만연하는 부단한 노력을 경주해 주는 일이다. 본래 건실한 사람이어서 명증한 새소리도 들릴 테지만, '나는'이라는 이 길의 튼실한 주인이 되기를 기원한다.

김안나 시집

나는

김안나 시집

나는